I0686298

/ENTAIRE

EPITHALAME.

CHANT ROYAL SVR LES
alliances de France, & d'Espagne, conte-
nant la deliberation des Dieux, les victoires d'Amour, les presens d'Hymenée, & l'heureuse conduitte
de ce grand Empire.

A LEVRS MAIESTEZ.

PAR CHARLES BERAVLT,
Valet de Chambre ordinaire de la Royne Mere.

A BORDEAVX,

Par Ar. DV BREL, Imprimeur de Monsei-
gneur l'Illustrissime & Reuerendissime
Cardinal de Sourdis.

M. DC. XV.

AV ROY,

SIRE,
Ayant conduit le victorieux
Henry dans le Ciel, & dit aux
mortels de qu'el honneur l'on
deuoit reuerer son nom : Il a
esté raisonnable que ie prinse
a plume, pour commencer à descrire les gestes
de celuy qui est icy bas sa viuante image. Les
Muses ayant apris les secrets de vostre heureux
mariage, me font icy chanter le conseil des
Dieux, ce que les destins en ont ordonné, &
comme bons subjects obeïssant aux deitez s'es-
jouyssent de ces heureuses alliances. Ie dis
l'heureux succez de vostre regne, & iette la
premiere pierre de vostre triumphant Empire.
Ie continuray ce grand œuure, bien heureux
puis qu'il plaist à vostre Majesté ayant eu a gré
les discours passez, de commander à ma Muse
qui me faict tousiours dire.

Le plus petit de vos tres-humbles
subjects & vassaux
CHARLES BERAVLT.

A LA ROYNE.

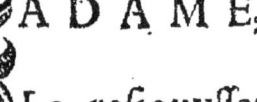

MADAME,

La resiouyssance que les François vos tres-humbles subiects ont de vostre heureusearriuée en France, qui comme vn clair Soleil chasse loing d'eux les brouillards qui se preparoient pour empescher la continuation de son heureuse paix, ma faict dresser ce sacré Hymenée, ou vous verrez auec les gestes de ce grand Prince vostre espoux, les deuotions que vostre peuple vous presente, par moy.

Vostre tres-humble & obeyssant
Vassal & subject,
CHARLES BERAVT.

A LA ROYNE
MERE.

MADAME, Voftre prudence qui a feruï jufques icy comme d'vn flambeau pour enfeigner le chemin parmy tant de bourafques qui fe font efleuees côtre ce grand vaifeau de la France, faict que tous les Princes eftrangers admirent ce grand gouuernement, qui nous a continué la paix que le grand Henry nous auoit eftablie, & faict que vos peuples vous honorent comme cefte grande Mere des Dieux, & vous remercient par moy de tant de biens que vous accumulez fur leurs teftes par le bon heur de ces alliances. Voicy dedans ces vers le cours de ce grand Loys, de ce diuin Soleil, qui vous fuyuant comme fa chere Aurore à parcouru les années de fon Empire, à faict admirer fon efprit, fa promptitude, fon exercice & bref les braues deffeins de ce grand Dieu, dont i'ay defia chanté la victorieufe, & inimitable grandeur. Icy les Dieux, les Deeffes, les Amours, & les graces joüent leur jeu au con-

tentement qu'ils ont d'affifter ceft Hymen, qui
par voftre fageffe vient ciméter ces deux grãds
Princes. Le Ciel qui vous à fi doucement in-
fpirée, continue de verfer fur vous fes graces, &
fes benedictions. C'eft ce que tout voftre peuple fouhaitte, & prie tous les iours & moy par-
ticulierement qui fuis.

Le tref-humble & tres-obeyffant vaffal
& fubject de voftre Maiefté,
CHARLES BERAVLT.

A MADAME,

Madame,

Entre l'espoir, & la crainté comme vn nautonnier qui voit & le port, & la tourmente, les pauure François vos subjects se trouuét maintenant, vous retirez voftre bel œil de cefte hemifphere, que deuiendrons nous en ces tenebres ? qui nous compagnera plus ? mais l'efperance, ains pluftoft l'affeurance, que cefte abfence nous doit profiter, doit conuertir les larmes deuës à voftre abfence, en heureux chants d'Hymenée, & en tout contentement. Allez doncques Princeffe cherie du Ciel au gré de vos feruiteurs faire nayftre tout bon heur en ces terres eflognées, & côferuer toute felicité à la France, que les Rozes, & les Lys naiffent toufiours foubs vos pieds, affin que l'odeur nous en reuienne, Et bien qu'eflongnée de nous fi aurez vous les defirs, & les vœux de vos fidelles François, qui priront eternellement Dieu pour la profperité de vos Empires, & que

B

puissiez estre comme ceste autre ceinture qui appaisoit toutes les tourmentes, que le Ciel benisse vos jours, & qu'a vostre abort comme vne autre Cypris abordant en Cythere les delices, les jeux, & toutes les felicitez abordent en vos Estats, & tant que la Muse m'inspirera, que ma bouche pourra dicter, la main, & la plume exercer leurs fonctions, tandis ie chanteray vostre nom, vos beautez, vos merites ou toute la France doit dresser des hecatombes, & me diray tousiours.

Le tres-humble & obeyssant subiect
de vostre Maiesté.
CHARLES BERAVLT.

CHANT ROYAL
DELIBERATION DES DIEVX.
A LEVRS MAIESTEZ.

Omme vn qui reuenu d'vn perilleux voyage
N'ayant encor reueu qu'a peine son riuage,
N'ayant encor gousté que les plaisirs d'vn iour,
Apres auoir erré longuement sans seiour,
Apres auoir souffert tout ce que la fortune
Peut verser icy bas de hayne, & de rancune,
S'estonne quand il faut qu'il r'entre sur les eaux,
Et qu'il aille esprouuer de semblables trauaux.
    Helas ! il luy souuient que la rouge tempeste
Decent esclats lancez a menacé sa teste,
Et qu'il a veu cent fois la pasle & triste mort
Luy marquer son effroy à deux doicts pres le bort,
Que de trancissements? que de pleurs, que de craintes?
Desia de sur son frond il voit les pertes peintes,
L'on le voit eslancer mille cris parmy l'ær,
Et s'il peut quelque fois en souspirant parler?
Helas ! il dit ainsi. O heureux que nature
N'a produit pour butin d'vne telle adnenture,
Heureux qui peut traisner ses miserables iours
Sans peril de ces eaux que ie rebats tousiours,

I'ay passe les perils des Sirtes, & Caribdes,
I'ay franchi les detroits des goufres homicides,
I'ay veu tous les Autans contre moy mutinez,
Et les flots sourcilleux a ma perte obstinez,
Les feux brusler mon mast, & desrompre mes toilles,
Sans voir parmy le Ciel d'agreables estoilles,
I'ay supplié les Dieux au fort de mes douleurs
Et pour les conuertir i'ay versé mille pleurs,
En fin non vn bon heur, mais vn malheur extreme,
Me tire des perils pour me ietter au mesme.

Et bien, i'iray renoir l'empire de Thetis
O fort pour contenter tes mouuans apetits?
Me falut il errer sur la plaine sallee
Autant, & voire plus que le fils d'Anticlee,
Veoir les peuples bruslez des rayons du Soleil,
Veoir ceux qui rarement sont touchez de son œil,
Veoir ceux qui voient choir son chariot dans l'onde,
Et eeux qui l'ont pres deux lors qu'il reuient au monde.

Ainsi ce matelos s'encourage le cœur,
Et mesprisant les maux s'en veut faire vainqueur,
Il faict comme vn soldat qui batu sur la breche
Apres vn peu d'haleine, encor le combat cherche.
Il frete donc sa nef pour soustenir ce faix,
Il redresse son mast, Il calfeutre ses aix,
Il bande son cordage, & comme vn bon Pilote
Contre les accidens il equippe sa flotte,
Et sortant de la rade il cherche par les Cieux,
Quelque estoille propice, & Inuocque les Dieux?
Non les Dieux coustumiers, non ses semblables astres
Qui n'auoient secouru ses perilleux desastres,
Mais d'autres plus benins, & mesprisant la mort,
Et les perils passez il s'eslongne du bort.

Ayant couru la mer en mon dernier voyage,
Ayant soufert dessus ce que versa sa rage,
Passé par les perils les plus advantureux,
Et ayant abordé mon seiour bien heureux?

Ie voys qu'ils fault courir vne mesme fortune,
Et esprouuer encor les perils de Neptune.
Mais me ais depoissez, & mon mast abattu,
Mon cordage brisé, mon tillac deu-stu
Detout son equipage & bref tant de ruines
Ne peuuent m'aseurer que de proches rauines,
Ie m'estonne a ce coup, & sauué de ces maux
Ie doubte de rentrer sur ces perfides eaux,

Mais courage mon cœur reprenons nostre haleine,
Ainsi qu'un grand taureau qui a battu la pleine
Combastant ses pareils s'escarte quelque part,
Et puis reuient tenter le perilleux hazart,
Et bien qu'il soit blessé de tous costez, il semble
Que son mal plus de force, en son courage assemble,
Radoublons nostre nef, fretons la de nouueau,
Et d'un cœur rasseuré allons bastre cest eau,
Inuocquions quelque Dieu, recongnoissons vne Ourçe
La gist le but certain de nostre longue cource.

Nostre haleine est reprise. il ne faut que ramer,
Le vent est gracieux qui euente la mer.

Ie vous Inuoque donc aisné fils de Latonne.
Et vous diuin troupeau qui ce Prince enuironne,
Fauorisez mes veux, mon zelle, mon dessein,
Et de vos feux sacrez embrazez moy le sein.

O HENRI qui te sieds maintenant dans l'Olimpe
Permets que dans le Ciel pour t'inuocquer ie grimpe
Par mon humble priere, escarte de mon chef
Voguant soubs ton adueu tout genre de meschef,
Car tu peux si Iupin me brandit son tonnerre,
Faire par ta faueur que son bras se reserre,
Si les vents courroucez boursonflent ceste mer,
Tu peux dedans leurs Rochs les faire renfermer,
Si Neptun quelquefois se fache, & se depitte,
Tu peux par son vouloir voguer sur l'Amphitrite,
Et calmer cest orrage, & bref tu peux grand Roy,
Conseruer ce vaisseau qui vogue sou's sa loy.

LOYS fils de ce Dieu qui tiens dedans ta dextre
Des François inuaincus en le fuyuant le fceptre
Efcoute mon difcours, & permets que mon vers
S'enuolle à ton adueu, par tout c'eſt Uniuers,
Et comme il admiroit ton pere, que de meſme
Il admire l'eſtat de ton grand diadeſme.
Ie chante ton hymen, & comme tes beaux iours
Se baignent doucement au fleuue des Amours,
Et comme de l'eſclair de tes flames Royalles,
Tu donnes la clerté aux mers Occidentalles.
  Beauté l'honneur de France, admirable clerté
Qui vas ou le Soleil remply d'obſcurité
Se couche dans la mer, qui vas en ſon abſence
Lancer aux Iberois vne douce influance,
Auant que de quitter ce bien heureux ſeiour,
Permets que tes ſubiets teſmoignent leur Amour
Par moy leur nourriſſon, chantant ton mariage.
  Et vous l'honneur ſacré de l'vn & de l'autre aage.
MARIE qui regnez, & qui deſſoubs les Loys
De ce Prince bien né regiſſez les François
Fauoriſez mon zelle, vne flamme diuine
Pour chanter vos enfans agitte ma poiĉtrinē,
Qu'a l'adueu d'eſtre voſtre, on entende ce iour
Dans les gloires de Mars, les triomphes d'Amour.
  Ceſte belle Deeſſe en Samos adorée,
Et l'autre qui de tous en Cypre eſt honorée
Auoient faiĉt vn accord à l'heure que les Dieux,
Donnerent à BOVRBON place dedans les Cieux,
L'eſpouſe ſœur diſoit à la belle Cyprine,
Vn deſir tout nouueau me vient en la poiĉtrine,
I'ay pourſuyuant touſiours les Troyens, & tous ceux
Qui par le monde eſpars ſe diſent ſortir d'eux
Faiĉt tout ce que i'ay peu pour ruyner leur race,
I'ay braſſé ſur leurs maux diſgrace, ſur diſgrace,
I'ay remué le Ciel, l'ær, la terre, les eaux,
Pour en fin les gorger de renayſſants trauaux,

De cent seditions i'ay tourmenté leurs terres,
Ie les ay accablez de troubles, & de guerres,
Tousiours leur cœur constant impassible aux malheurs
M'a monstré que ces maux rabilloient leurs bon-heurs,
M'a monstré? tout ainsi que la palme se leue
Le chef lors que plus fort le lourd fardeau la greue,
Qu'en vain ie m'esforçois de ruiner leur sang,
Et qu'en despit de moy ils maintenoient lour rang.
     Ce Dieu dont les vertus s'honorent par le monde,
Ce Roy qui comme nous dans les Cieux fait sa ronde
En despit de Mauors, & de ses mutinez?
A seul rauy mon cœur, & les feux obstinez
Qui rodoient dedans moy pour perdre ce lignage,
A son aymé party d'oresnauant m'engage.
I'embrasse pour luy seul le party des François,
Deesse tutelaire, & benigne à ses Roys
Non d'vn desir vollage, ains comme mon essence
Ne peut auoir de fin, & n'a de decroissance,
Ie veux pour tout iamais en ma protextion,
Tenir, & gouuerner si belle nation,
Non pour peu de subietz puis qu'on le voit si ample
Qu'il merite d'auoir ainsi que nous vn temple.
     Admirant les vertus qui estoient en ce Roy,
Et comme il gouuernoit ses subiects sous sa Loy,
Comme il faisoit fumer nos Autels par offrandes,
Comme grand il faisoit tousiours des choses grandes?
Alors ie deschassé le couroux que i'auois,
Et pour son amitié i'aimay tous les François,
Protestant que voyant l'occasion propice
Ils verroient de ma main sortir vn bon office.
     Or ce n'est pas assez que ce que i'ay ia faict,
Ie veux leur demonstrer vn amour tout parfaict,
Tu sçais que l'Iberois de tout temps, de tout aage
Me suyuant demonstroit vn tresmauuais courage
Contre ce peuple franc, & que ces nations
Ont veu leur chefs aigris de milles factions?

Voicy donc le desir qui me tient en cervelle,
Tu as pris de tout temps le soing, & la querelle
Des peuples porte-lys, & moy i'ay supporté
Ce peuple ou le Soleil dans la mer est porté
Concilions leur cœur, & par vne alliance
Que le Tartesien se ioigne aueq la France,
La France auecque luy & qu'a iamais ces Roys
Regissent leurs subiects soubs leurs Royalles loys,
Cimentons tellement leur concorde, & leur zelle
Que discorde iamais ny mette de querelle?
Bref que ces Roys amis ne portent desormais
Qu'vn cœur dedans leurs corps amoureux de la paix,
Ayons nous deux l'honneur d'vne telle entreprise,
Sois tout autant que moy de cest accord esprise,
Et dans bref nous ferons vn accord amoureux
Rendant ces Rois parens, & leurs peuples heureux.

    Ceste belle Venus luy respond en la sorte,
O Iunon tout mon cœur de ioye se transporte
D'entendre ton desir ou i'auois ià pensé,
Soit ce soing par nous deux sans tarder auancé,
Mais il faut consulter le vouloir de mon pere,
Toy qui femme, & germaine a ton veuil le tempere
Ouure-luy ce propos, & en te secondant
I'iray sur ton parler ma priere accordant.
Ainsi l'Ericienne, & Iunon s'accorderent,
Et pour voir Iupiter des l'heure me tarderent,
Sceurent sa volonté conforme a leur vouloir,
Et desur ces accords eurent l'entier pouuoir.

    Iunon incontinant connoiteuse, & cupide
D'accomplir ce dessein prend de ses Paons la bride,
Monte de sur son char, & Venus d'autrepart
Assise en son carrosse apres elle depart.

    Par les Cieux bigarrez du Midy, iusqu'à l'Ourse,
Et d'Inde iusqu'au Tage elles poussent leur course,
Cherchent ce grand BOVRBON ce grand Prince faict Dieu,
Et pour le rencontrer ne laissent aucun lieu.
                    Ou estes

Ou estes vous allé grand Prince ? que veut dire
Que vous ne luysez point dans le celeste Empire,
Ces deesses par tout vous cherchent ? hé ! pourquoy
Solitaire & pensif fuyez vous puissant Roy
De leur monstrer vos yeux qu'ils ayment ? hé de grace
Tous les peuples deuots honorent vostre face,
Vous estes retiré sans luyre de sur eux,
Et sans leur influer vos aspects gratieux.
Iunon estoit ia triste, & la belle Amathonte
Pour vous voir estre absent de ces yeux n'auoit conté,
Ne vous retrouuant point elles firent venir
Mercure pour sçauoir qui vous pouuoit tenir,
Elles mandent encor ceste belle courriere
Qui du grand Delien emprunte sa lumiere,
Laquelle ne dit rien? Mercure soupsçonnoit
Que vostre cœur espris dans France gouuernoit
Vostre belle MARIE ; & qu'encor en sa flame
Vous brusliez doucement vostre cœur, & vostre ame,
Ce ne fust sans raison qu'il soupsçonnoit ce faict,
Cognoissant vostre amour enuers elle parfaict.

Il est vray puissant Dieu, que vous estiez en France
Auec ceste beauté, releuant sa constance
Qui courboit soubs le faix de ce cruel effort,
Ou France se portoit par vostre fiere mort.
Helas vous luy disiez ? O ma chere compagne
Deschasse cest ennuy dont ton cœur s'accompagne,
Conforte toy mon cœur, ne laisse ton estat,
Et tes pauures subiects en ce pregnant estat,
R'asseure leurs esprits, va & te fais paroistre,
Fais leur voir nostre enfant leur seigneur, & leur maistre
Comme i'ay gouuerné ce regne tout puissant
Tu peux suyuant mes traits le tenir florissant,
Honnore les grands Dieux, faicts à tous la Iustice
Guerdonnant les biens faits, & punissant le vice,
Confirme les accords auec tes bons amis,
Et tiens quoy que ce soit ce que i'auois promis.

G

Conserue par la paix ce qui vit soubs ton septre,
Deffends tous tes pays par le fer de ta dextre,
Et n'endure iamais qu'vn pipeur effronté
Se panade d'auoir ton estat affronté

Ainsi ce Dieu rendit les volontez resoultes
Des François en MARIE, à l'heure par les voultes
Du Ciel ætherien les Dames en tout lieu,
Cherchent diligemment la presence du Dieu.

Ce grand Dieu dont le char tournoye tout le monde,
Ce grand Dieu dont les yeux sont en tous lieux la ronde
Passe au pres ces beautez, elles plaines d'amour
L'enquierent s'il sçauoit ou faisoit son seiour.
Pour l'hœure ce grand Prince, he pourquoy chere bande,
Ores me faictes vous vne telle demande,
Dict ce Dieu de lumiere ? y a il dans les Cieux,
Qeuure Titanien quelque seditieux
Qu'on arme dans le Ciel, qu'encor vn coup la terre,
Congnoisse la valeur qui dans le Ciel se serre,
Que l'on appelle Mars, & le puissant Thebain,
Et que le grand HENRY se conuocque soudain.
Naguieres ie l'ay veu qui faisoit sa descente,
Vers le pais François pour veoir sa chere amante,
Que Mercure y descende, & luy face sçauoir
Que les Dieux, que les Cieux, ont desir de le veoir ?
Tandis i'acheuray le reste de ma cource.

Ia la brune Vesper messagere de l'Ource
Contraignoit le Soleil de se ietter es eaux,
Pour nous faire reueoir les nocturnes flambeaux.

A temps ce bel enfant que Iupin fit en Maye,
Actif au mandement, prit tout soudain son saye,
Et sa verge qui peut tirer du Creux manoir,
Les ames pour encor ceste lumiere veoir,
Comme il quittoit le Ciel pour se caller en terre,
Il entend le froissis des outilz de la guerre,
Ont la bœur, & l'effroy bourdonner par les Cieux

Et iettant ça qui la de vers ce bruict les yeux.
Voit le chart du Dieu Mars, qui à bridé Galoppe,
Pour regaigner le Ciel du haut mont de Rodoppe,
Il attend ce grand Dieu, qui voyant à l'abort
Ceste douce beauté qui luy donne la mort
Si souuent en ses bras auec sa chere mere.
Qui seconde en Amour le conceut sans son Pere
Les acoste, & s'enquiert s'ils sçauent point le lieu,
Ou ils pourront trouuer BOVRBON le nouueau Dieu,
Elle disent, chercher pareillement ce Prince
Qui pour lors visitoit la Francoyse prouince
Pour luy communiquer vn important dessein,
Qui ne pouuoit partir sans son veuil de leur sein.
Et alors le Dieu Mars tournant deuers la France
Les yeux vit ce grand Dieu qui vers le Ciel s'aduance,
Il l'attend, & venu luy dit vn tel discours.
Retourne cher amy & rebrise ton cours,
R'encourage les tiens, & que soubs la prudance,
De ta chere moitié l'on voye en ceste enfance
De ton braue dessein l'effect du tout esclos,
Il doibt a tout peril faire valloir son los,
Tu auois entrepris des effaicts dont l'enuie
Pour t'en oster l'honneur te priua de la vye,
Qu'en un ou l'on requiert la suitte de ta foy.
L'on voye que ton fils est heritier de toy
Pour maintenir tousiours sa parolle donnee,
L'assistance a Iuliers ne soit abandonnee,
Les Princes querelez en leur droit ont recours
A ton fils qui leur doibt accorder le secours,
La paroistra l'honneur d'vn enfant qui veut suiure
Les vertus de son Pere, & qui veut tousiours viure
Protecteur du bon droict de tous ses bons amis,
Et a qui tu auois vn tel secours promis.
Le cœur de tes suiets en cest effet ballance
L'on doubte de donner vne telle assistance

L'on veut vn tel secours tout en tout diuertir
Et de peur de l'effect ie venois t'aduertir
De ranimer les tiens, affin que ceste gloire
Honnore pour iamais la Françoise memoire,
Tourne tourne tes yeux vers les peuples Anglois,
Voy celuy qui deuoit sous tes guerrieres loys.
Tenir de tes combats le timon, & la voille,
Ils n'attendent sinon que l'agreable estoille,
Qui esclaire la France ayt esclairé sur eux,
Et lors l'on congnoistra leurs desseins courageux,
Fais que de tes François les volontez resoultes
Prennent sur ton dessein ces honnorables routes,
Ie t'accompagneray, Bellonne s'armera,
Qui pour suyure mes pas les tiens animera.
    HENRY luy respondant luy dict vn tel langage,
Gradiue raze tours? il est vray mon courage
Estoit porté pour eux cupide en cest endroit
De voir chacun iouyr plainement de son droict,
Ie n'ay point desiré leuant des gens de guerre
D'enuahir d'vn voisin le Royaume, & la terre,
Mais i'ay bien desiré que tous les Potentats
Eussent asseurement le fruict de leurs estats,
Et qu'aucun ne iouyst plus que sa ligitime,
De mesme que i'ay fait tousiours vn grand estime
De conseruer ma foy mesme à mes ennemis,
Les miens entretiendront les faicts que i'ay promis
Vn sourd broüissement par la France bourdonne
Qui les paisibles cœurs de cest exploit estonne,
Ne trouuant à propos que si pres de ma mort
Soubs vn regne enfantin l'on tienne c'est accort-
,, Soubs les regnes mineurs les guerres estrangeres,
,, Ont souuent apporté des ruynes entieres,
Toutesfois ie te dis que ces bruits seront vains?
Et qu'en bref l'on verra vers les peuples Germains
Les drapeaux desployez ie viens de voir MARIE,
Dont le cœur par ma mort courboit de fascherie,

Et se rendoit captif de ces aduis mal faits,
I'ay tous ces contredits dissipez, & deffaits.

    Tout ainsi qu'il ne faut qu'vn seul traict de la veuë
Du Soleil pour creuer, & dissiper la nue,
Vne seulle parolle à rompu tels desseings?
D'esmouuoir plus auant de mes François les seings,
Ce seroit temps perdu, la Noblesse de France
Ne se picque iamais à faute de vaillance,
Ce sont cœurs courageux qu'il ne faut esmouuoir,
Leur humeur est tousiours tresprompt à leur debuoir,
Ce sont ieunes Lyons qui vont par toute vaye
Chercher les forts taureaux leur agreable proye,
Ne voulant attaquer que des guerriers parfaicts?
  La vertu n'est fortable à de lasches effects.
  Tousiours les nobles cœurs sont hardis de nature,
Les soldats vont suyuant la pareille aduenture,
Desireux d'acquerir par la valleur leur rang,
Qui leur est desnié par leur ignoble sang.
Bref tu verras en bref ces valeureux gens-d'armes
De sur le bord du Rhein faire luyre leurs armes.
Mars alors est content d'entendre que le sein
De Henry soit touché de cest ardant dessein,
Et voyant que ces cœurs respiroient mesme chose,
Ces belles dont le cœur faineant me'repose,
Les prient d'escouter ce qu'ils pensoyent deuoir,
Leur estre d'escouuert auant que d'y pouruoir.

    Iunon d'vne esloquence admirable à merueilles,
De ces aymez discours contenta leurs oreilles.

    Assez, & trop long temps les Roys porte-thoisons,
Et vous qui de trois Lys honnorez vos blasons
Vous auez demonstré l'effort de vos courages,
Nous rendant partizans bien souuent de vos rages,
C'est assez iusqu'icy, il est temps desormais
Que parens bien aymez vous demouriez en paix.

    HENRY l'amour du Ciel, & l'honneur de la terre,
Quand vous auez conduit vos peuples à la guerre

Vous auez vn honneur sur tous guerriers acquis,
Mais la paix le repos vous a le nom conquis
D'vn pere de patrie, & ces deux excellences
Tiennent en esgal poix les tres-iustes balances
Voulez vous pas permettre a ce Prince qui tient
Soubs ses lois le François qui soubs luy s'entretient
Dans l'hœur de ce repos, que comme vous son siptre
Se voye par la paix tousiours dedans sa dextre,
Que quittant comme vous les guerres les combats,
Il voye ses subiets viure dans les esbats?
Iupiter le desire, & de la court celeste
Seulement vostre aduis pour nos desseins il reste.

    Ie veux bien dit BOVRBON, que mon fils desormais
Gouuerne ses suiets par vne douce paix,
Mais Il est de besoing qu'il pousse ses gendarmes
Ou l'honneur a permis d'y engager ses armes,
Que Iupin par apres le tienne pour vn temps,
Non pour l'aneantir en vn doux passetemps,
Mais pour tenir les siens en telle quietude,
Que toute liberte semble vne seruitude.

    Venus dont les beautez les graces les attraits
Peuuent forcer tout cœur de flechir soubs leurs traits
Voulut par les accords de sa voix qui enchante,
Faire veoir a ces dieux sa parole eloquante,
Et leur dit ce propos.   Ce n'est pour le tenir
En nulle oisiueté, ny pour entretenir
Vne paix aux François qui leur dommage apporte,
Que nous vous discourons, & parlons en la sorte.
Que vostre fils enuoye a Iulliers ses soldarts,
Qu'ils renuersent l'orgueil de ses fermes ramparts,
Que suiuant vostre foy vos nations amies
Perdent par son moyen les forces ennemies,
Cela nous plaist assez. Mais comme vous auez
(Apres auoir du tout tous vos peuples sauuez)
Mesté par vos laurieres, mes Mirthes, & mes Roses,
Et gouste par l'hymen de mille fleurs escloses

Ainsi nous desirons que vos aymez enfans
Se voyent comme vous par nos dons triumphans.
Iunon si veut porter d'vn desir qui surpasse
Tout autre affection, & moy de qui là grace
Est comme hereditaire a vostre nation,
Ie veux faire accomplir sa resolution.
Oyez doncques le soing qui nous tient en ceruelle,
L'espagne dans ses forts vne beauté recelle
Qui ne peut recepuoir de pareille là bas.
Beauté digne d'auoir les celestes esbats
Vostre fils doibt auoir ce parangon des dames,
Le subiect bien heureux de ses nopcieres flames.
La France de par vous, iouit d'vn beau Soleil
Qui veut faire autrepart la cource de son œil,
Le puissant Iberois en vous donnant sa belle
Veut pour son fils auoir à femme ELISABELLE,
Dont les douces beautez, & les perfections
Donnent non a des Rois des fortes passions,
Mais peuuent dans le Ciel establir leur empire.
Il ny à nul au Ciel dont le cœur ne s'inspire
D'vn doux contentement de veoir ces deux grands Roys
Alliez, gouuerner leurs peuples soubs leurs loys,
Cest accord est le bien de toutes vos prouinces,
Cest accord est l'effroy de tous Roys, de tous Princes?
Conioints ensemblement qui leur peut resister?
Qui a il dans le Ciel qui ne veuille assister
Leurs desseings genereux, a l'heure que leurs armes,
Poussent par l'vniuers leurs genereux gendarmes,
Que le peuple qui voit tous les iours le Soleil,
Redorer les Rochers des Rayons de son œil,
Amasse en ses confins sa valleur pour se ioindre
A ceux ou le soleil delaisse de nous poindre,
Que les peuples bruslez ioingnent leurs bataillons,
Que les peuples nourris soubs les froids Aquillons

Se rendent partizans pour empescher ces Princes,
De reduire sous eux leurs vaillantes Prouinces,
Leur amas ne sera qu'vn brouyllard espoissy,
Qu'vne confusion qu'vn Cahos obscurcy,
Pareils en leur effect à ceste foible nue
Qui ne peut endurer la Deliene veüe.
Prince l'amour de moy, il est vray que Iunon
Pour ces aymez accords veut auoir quelque nom,
Et ie veux bien auoir pareille preeminance,
Des long temps ie conuois en moy ceste alliance
Elle la mise au iour, elle y veut consentir,
Et moy la secondant ie ne me veux sentir,
De ialouse fureur, partissant la victoire
Pour estre entre nous deux commune ceste gloire,
Ne refusez l'accord les Dieux le veullent bien,
Il ny a nul mortel qui nous dedise en rien.
    BOVRBON remerciant ces belles leur accorde,
De finir de ces Roys l'enuieuse discorde,
Desire de les veoir, bons parens, bons amys,
Apres auoir par faict ce qu'il a ia promis,
Mauors si condescent, & ceste belle troupe
Sçachant que Iupiter souppoit de sur la croupe
Du mont Helicolin y dresse alors ses pas,
Pour auoir le desduit d'vn si plaisant repas.
                                    Les Victoires

LES VICTOIRES
DE L'AMOVR.

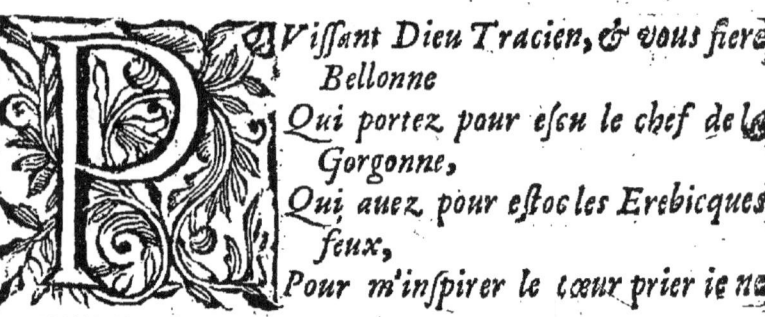

PAVissant Dieu Tracien, & vous fiere
    Bellonne
Qui portez pour escu le chef de la
    Gorgonne,
Qui auez pour estoc les Erebicques
    feux,
Pour m'inspirer le cœur prier ie ne
vous veux,
Desormais les François ne vous peuuent cognoistre,
He quoy voyons nous pas sur l'Orison paroistre
Vn HENRY qui benin reçoit d'affection,
Nos desirs eternels, & nostre oblation?
C'est de luy dont ie veux maintenant l'assistance,
France ne veut auoir d'assistance qu'en France,
  Ie me propose icy de chanter puissant Roy
Comme ton fils suyuant les traces de ta foy
Conduit par le filet de la sage MARIE,
Enuoya vers Iuilliers sa cohorte aguerrie,
Inspire moy le cœur pour chanter que ses faicts,
Passent comme en-nayssant les aages plus parfaits,
  Ia les Ambassadeurs de maints Roys,de maints Princes,
Et les confederez des longtaines Prouinces
Auoient dissuadé de donner le secours
Que les Tutons tenoient pour leur dernier recours,
Quand l'oracle sacré qui gouuerne la France

D

Profera ce discours tesmoing de sa constance,
Tesmoing que tous nos Roys mesme a leurs ennemis,
Donnent tous les biens faicts que l'on leur a promis.
Ne parlez (dit la Royne), & ne pensez distraire
Ce que le Roy mon fils a proposé de faire,
Iamais l'Estat Francoys n'abandonne sa foy.
Elle est Inuiolable, en la bouche du Roy.
Laisser nos alliez qui sur nostre promesse
Ont basti leur appuy? ont faict leur forteresse
De nostre foy donnee ? allez braues soldarts.
Vous qui Iadis suiuant les traces de mon Mars
Auez aux plus vaillans arraché les trophees,
Dont nos Couronnes sont richement estophees,
Allez di-ie François soubs la solde d'vn chef
Qui scaura vous garder en contre tout mechef?
La Chastre vous conduit, dont la verte vielleße
En ce pays lointain fera veoir sa ieuneße,
Viel d'ans, Ieune d'effait, & dont le bon conseil
Seruira tout ainsi que nous sert le Soleil
Par son train compassé pour a plain recognoistre,
Les flambeaux esclaircis qu'au Ciel l'on voit paroistre.
    Qui entend quelque fois les mouches bourdonner
Quand vn raue dessein les faict habandonner
Leurs artistes maisons, il oit par ceste France
Vn murmure plaisant tesmoing d'esiouißance,
Chacun en approuuant ce bien heureux secours
Veult consacrer sa vie, & l'honneur de ses iours
En ce lointain voyage, Et comme quand Dictine
Commance a retirer sa lumiere argentine
Pour faire place au Iour, on entend les aigneaux
Beller dedans leurs toits, & mugir les taureaux
Dans l'estable fermee, o n entend nos gendarmes
Se pesner qu'ils ne sont desia dans les alarmes.
    Le Pasteur eueillé ouure les toits allors,
Et c'est a qui sera les premier au dehors.

La Chaftre ayant receu le mandement de prendre
Douze mille pietons, ne manque de se rendre
Dedans leurs bataillons, & comme le berger
Separe les brebis des boucqs au desloger,
Les taureaux des iuments, ce chef par autre voye
Deux mille caualiers deuers le Rhein enuoye,
Et luy fait auaucer ces gens par autre train,
Viellard infatiquable en cest estour loingtain.
Desia ceux qui auoient requis ceste assistance
Monstroient deuant Iulliers leur guerriere vaillance,
Quand ce braue viellard au frond de ses Francoys
Aborda ces ramparts, & comme quelquefois
Nous voyons ariuer vn esclair de la nue
Qui de son vif esclat vient troubler nostre veue
Se rebastre soudain d'vn autre qui nous rend
Insensible, douteux, & nos forces surprend,
A ce renfort donné qui comme vn gros rauage
Suiuoit des assiegeans le perilleux orrage,
Les pauures assiegez fremissoient dans le cœur
De se veoir saluez de ce guerrier vainqueur.

    Voyageurs qui courez de l'vn a l'autre Polle,
Postes prompts, & legers qui fuyez vostre Æolle,
Racontez que L O Y S grand Prince des Francoys
Donne l'effroy par tout, par tout donne des loys?
Racontez qu'au leuer de sa premiere Aurore
Il donne son Midy, & les grands Rochs il dore?
Et qu'à peine cest œil a faict par treze iours
Son train depuis qu'on vit aborder son secours,
Que l'on a veu Iulliers brescher de tant de portes
Qu'on y pouuoit entrer sans allarmes trop fortes.

    Pressez de toutes parts les pauures assiegez,
Ne se voyant d'ailleurs par espoirs soulagez
Demendent a sortir, & quitter a ces Princes.
Par articles d'accort les commises prouinces,
Et comme par l'effort du secours aduenu

Estoit tout leur mal'heur s'il faut dire venü
Aussi le premier poixt de la paix asseurée
Fust aux braues François à mesme instant iurée,
Accord que c'est HENRY ce grand Dieu fit iurer
Aux Princes qu'il voulut du secours asseurer,
Point qui marquoit assez que son ame pieuse
Recherchoit des hauts Dieux la bonté gratieuse.
„ Il est vray que tousiours vne Aigle nous fait veoir,
„ Vn Aigle courageux inuincible en pouuoir,
„ Et iamais du pigeon ne sort l'oyseau de proje,
„ Nature à son pareil le semblable r'ennoya
HENRY ne nous pouuoit produire qu'vn grãd cœur
Luy qui auoit esté de toutes parts vainqueur,
Ne nous a delaissé qu'vn grand foudre de guerre,
Qui aux champs Phlegreans tous ennemis à terre.
HENRY ne nous pouuoit produire que douceur,
Luy qui vainqueur par tout n'vsoit de la rigueur,
Et qui par sa bonté, par douceur, & par charmes,
A l'Oliue meslée, aux Lauriers de ses armes.
Doncques en ensuyuant ce grand Dieu, ce grand Roy
Fit voir son grand courage, en acquittant sa foy.
Doncques par ses pays ses douceurs furent telles,
Que chacun en sentit des liesses nouuelles.
Paris fit veoir alors de quelle affection
Il respectoit vn Roy, fit voir la passion
En sa chere amitié, & ce Prince de mesme
Par cent traicts demonstra sa gayetté supresme,
Tous les subiects venus en luy offrant la foy
Admirent les grandeurs, & douceur de leur Roy,
Qui suyuant des ayeuls la coustume, & le Zelle
Se faict sacrer à Rheims, puis son bonheur l'appelle
Pour guarir de leurs maux les pauures oppressez.
Vous qui de ces rigueurs vous trouuez tant pressez,
Soit que vous habitiez le barbare Autartique,
Ou que vous respiriez le vent de sur l'Articques ?
Vous ne pouuez trouuer qu'en France, & qu'en son Roy,

Des medes tres-seurs pour finir cest esmoy,
Ay é de ses voisins, admiré des estranges,
M mes de ses hayneux receuant des louanges
Il euient à Paris, Paris qui sans le veoir
J : pounoit de clerté dans son iour receuoir.
  Combien ces citoyens d'vne voix redoublée
Monstroient que de plaisirs leur ame fut comblée
Vne clameur s'esleue, & le peuple ne voit
Que d'vn œil trop goulu ce Prince qui passoit,
Il voudroit pour le veoir auoir autant de veues
Qu'Argus, & ne le voit seulement en deux rues,
Mais court impatient par tous les carrefours,
Pour prier ce grand Dieu de bien-heurer ses iours.
  Mais Muses mon support dedans ceste bonace
Hé! quoy n'aurez vous point en France quelque place,
N'aurez vous point de nom? Bellonne à fait du bruiêt,
Et Pallas à fait voir comme en Grece son fruiêt?
Ouy vous aurez du nom, ceste main liberale
Vous a faiêt esleuer vne maison Royalle,
Tous vos arts floriront, & d'vn docte entretien
Vous ferez esleuer le grand Luth Cynthien
Perdant les ignorans accablez d'vne honte.
  Ceste graue Iunon, & la belle Amathonte
Voyant tout appaisé vont chacune en sa part
Executer le soing qu'vn Amour leur départ,
Venus prend son enfant qui porte au dos des aisles,
Et le baisant vsa de ces parolles belles.
  Mon fils, mon petit cœur, ma force, & mon pouuoir,
Mon seul contentement, qui ne te peux challoir
De l'esclat de Iupin dont il punit Tiphée,
Il te faut augmenter desormais mon Trophée,
Deux grands Roys sont l'obiet de mes intentions,
Deux diuines beautez sont en mes passions
Il faut en triumpher? & de tes chaudes flames
Embrazer doucement de si puissantes ames.
LOYS Roy des François est celuy que ie veux

Tenir doresnauant esclaue de mes yeux,
Fais que son cœur touché de ta plus douce fleche
Dont ton arc inuaincu fit a iamais de breche,
Le face souspirer & la nuict, & le iour,
Vouant chez l'Iberois vn eternel Amour.
L'espagne ne voit rien qui soit plus agreable
Que ceste belle Infante, & la terre habitable,
Ne luy peut comparer que cest autre soleil
Qui ne peut recepuoir d'esgalle que son œil,
C'est la sœur de LOYS dont les beautez sont telles
Qu'on ne trouue la bas des mortelles plus belles,
Il fault que dans ses yeux tu allumes tes traicts
Qu'en sa grace, en son port tu prennes tes attraicts,
Affin que ce grand Roy qui gouuerne L'espagne,
A moureux de dans bref la cherche pour compagne.
  Mon mignon fais cela, & ie te vais iurant
N'aller plus desormais ta honte requerant
Pour m'auoir tant de fois desoubz tes loix rengee,
Ce faisant ie seray doublement soullagee,
L'emperiere des Cieux consent a cest accord,
Hymen n'attend que toy pour encrer a ce bord.
Si tu le fais mon fils ie te tiendray l'vnicque,
L'Antherot qui tousiours ialousement te picque
Sera ton seruiteur, tous mes ris, tous mes ieux
Te suiuiront par tout pour flechir a tes veux.
Ce disant l'Ericine encor vn coup le baise,
Luy fronceant le sourcil d'vne fason mauuaise,
Luy respond en la forte. O mere cest assez,
Tu ne doibs point marcher par ces chemins tracez,
Scays tu pas que cent fois i'ay couru la disgrace
Pour croire a ton conseil, Pour complaire ata grace
Ie me suis veu chassé de l'Olimpe des Cieux
Pour auoir guerroyé par ton voulloir les Dieux,
Pour t'auoir faict iouir de tes plaisirs en terre
Le Ciel bien qu'impuissant ma voulu faire guerre?

J'entré dedans le Ciel de mes frères feruy,
Et defoubs mon vouloir tous les dieux l'a feruy,
J'enporté de Iupin la foudre qu'il deferre
Quand il eft en fureur, fur les fils de la terre,
Phebus perdit fon arc, fes fleches fon carquois,
Hercule fa maffue, & Mauors fon harnois,
Neptun fon fort Trident, le beau fils de Semelle
Son Thyrfe vandangeux, cefte gente pucelle,
Qui porte par la nuiçt fon flambeau lumineux,
Le perdit a l'abord, le meffager dés Dieux
Suiuit le mefme train, & bref la court celefte
Sentit par ton vouloir ma bleffeure molefte.

Laiffant a te compter comme le Ciel, les Eaux,
La terre, & tous les airs touchez de mes flanbeaux
Ont maudit ma valeur, fcais tu pas Ericine
Que les Rois font fortis de l'effence diuine?
Que Dieux ainfi que nous ils ont vn grand pouuoir,
Il me fouuient encor que pour tacher d'auoir
La victoire D'HENRY touchant fon hymenee
Qu'il y euft dans le Ciel vne ligue ordonnee
Pour me faire vn affrond les Dieux ne voulant point
Que ce couple fi beau feut par Hymen conioint,
Craignant que deux fortit des enfans dont les armes
Apres auoir vaincu les tereftres gend armes,
Voudroient parmy le Ciel efclatter leur renom,
L'uniuers effroyé feullement par le nom
De ce Dieu des Francois redoubte ce tonnerre,
Et qu'il fuiue le train d'vne trop longüe guerre.

Quoy conioindre deux Roys qui ioints enfemblement
Peuuent s'afuietir le tereftre eflement,
Que feront leurs enfans? A ma mere ma mere
Regardez le credit que peut auoir le pere,
Et vous recongnoiftrez que rarement les Dieux
Approuueront l'accord fi dommageable aux Cieux,
J'enflameray ces Roys de mes plus douces flames,

Dans le Ciel ie verray des furieuses armes
Disioindre l'vnion qui tient ces nations,
Ie verray de cent parts milles rebellions,
Et de telle fureur l'on me tiendra Ministre,
Au lieu de me cherir? l'on me tiendra sinistre,
Non, non, ma mere non, pour eux ie n'ay des traicts,
La beauté ne veut point y donner ses attraicts,
Si les Dieux assemblez ne me donnent licence?
De monstrer sur leurs cœurs ma diuine puissance.

   Venus luy fit promettre au cas que Iupiter
Et tous les principaux qui le vont assister
Au Conseil plus priué veuillent ce mariage,
Qu'il rendra ces deux Roys, en son aymé seruage,
Et pour deliberer sur ce fait, tout soudain
Ils vont voir Iupiter sur le plancher a'erain.

   La nopciere Iunon dedans son char traisnée
Va trouuer promptement le gaillard Hymenée,
Luy confere l'accord, luy prenant son brandon
L'asseure de suyuir le pas de Cupidon.

   Cupidon asseuré que la troupe diuine
Desiroit d'accomplir le veuil de sa Cyprine
Monte auecque sa mere en son char, & roullans
Par les plaines de l'ær vont leur routte callant
Dans l'Isle de Lemnos, & de la dans Lipare,
Ou vulcan aux grands Dieux les armeures prepare,
Il prit la quatre traits dont la pointure est d'or,
Commande au forgeron les retremper encor,
Que ce ne soient que feux, qu'ardeurs, & que flameches,
Contre des cœurs vaillants voulant faire des bresches.
Le boiteux qui tousiours à l'esprit embrouillé
Du soupsçon de se veoir par sa femme souillé
Grommelle impatient, croit que son Amathonte
Mene ainsi c'est enfant pour luy causer sa honte,
Venus le recognoist qui d'vn langage doux,
Luy chasse de l'esprit ce martel si ialoux.

   Cesse mon cher amy ce soupsçon qui te mine,

Et ne

Et me crois qu'ancun feu dedans mon sein dominé,
Mon cœur n'en peut nourrir qu'a ton occasion,
Et en vain tu te perds en ceste passion.
Saches que nous voulons obtenir vne gloire
Qui doit faire esclatter par tout nostre victoire,
Nous voulons asseruir sous nos aymables loys.
Deux mortelles beautez, & leur ioindre deux Roys,
C'est vn œuure de pris, vn assault qui meritte
Que mon fils ayt sur luy des sagettes d'eslitte.
    L'heritier des Troyens qui soubs son sceptre tient
Le peuple, porte-lys, le Prince qui maintient
Le fort Tarthesien soubs ses puyssantes armes,
Sont les deux qu'il conuient surmonter par nos charmes.
Le François à sa sœur non pareille en beauté,
D'elle il conuient brusler d'vn feu de loyauté
Le Prince des thoisons, & ce Prince d'Espagne
A sa sœur qui doit estre au François pour compagne.
    Venus n'eust cy tost dict que soudain le boiteux,
Commande d'allumer plus que deuant les feux,
Fait venir Pyracmon, Sterope, & le fort Bronte.
Eux quatre de grands coups, & d'vne gresle prompte
Battent de sur l'enclume, & leur ouurage faict,
Dans la trempe plus fine ont trempé chasque traict.
    Venus remonte au char, & son fils au pres d'elle,
Et par les airs portez d'vne vitesse Isnelle
Descendent pres Paris en ce iardin plaisant
Que Seine de ses eaux d'vne part arrosant
Rend admirable à l'œil pour ses belles allées,
Ses fontaines, ses lacs, ses grottes recellées.
Du mot de Tuillerie on nomme ces beaux lieux,
Lieux dignes du seiour, & demeure des Dieux.
Le char est detellé, les moyneaux qui le tirent,
Sur les arbres prochains tout soudain se retirent,
Cypris & son enfant en vn doux passetemps,
Par les fleurs du Iardin s'en vont passant le temps,
    Desia ce grand flambeau qui parcourt tout le monde

E

Redoroit de ses rais le millieu de sa ronde,
Cestoit comme au printemps lors que chasque animal
Par Cupidon touche recherche son esgal,
Que tout est amoureux, & que mesme la terre
Feconde en ses plaisirs toutes beautez desserre,
Le temps estoit serain, les gratieux Zephirs
Euantoient doucement leurs amoureux soupirs.
   En ces lieux de plaisir les Roys se reiouïssent,
Et de cent passetemps par la chasse Iouïssent
La le Roy sarement escoutte dans les boys
Philomelle se plaindre, autre par oyt la voix
D'vn pinçon qui Iargonne, & en vne autre allee
Oyt la Tourtre se plaindre a l'abry reculee ,
Comme il est attentif d'entendre ces oyseaux,
Sur vn Mirthe prochain il voit quatre moyneaux,
Les ayant recongnus l'escoupette il demande,
Et a ceux qui suiuoient expressement commande
De se retirer loing, comme ils court approchant,
Et qu'il veut desus eux la foudre aller lachant,
Venus sort d'vn halier qui auoit la figure,
Le port, & le maintien, & la belle vesture
D'vne vierge, & encor les armes elle auoit
Qu'vne fille de Sparte en vn tel temps portoit,
Ou plustost resembloit a la belle Harpalice
Qui soulloit, emporter les bonneurs d'vne lice,
Qui les cheuaux fougueux, & domptoit, & lassoit,
Et qui pour bien courir le vent outrepassoit.
Elle portoit vn arc comme vne chasseresse,
Elle lachoit aux vents sa blondoyante tresse.
Le genouil descouvert, & vn nœud reserrant
Alloit de son habit les beaux plis reserrant.
   Ce Prince qui la uoit si gentille, & si belle
Met l'escoupette bas & approche pres d'elle,
Raui d'estonnement de voir l'habit nouueau,
Et de voir vn suiect si plaisant, & si beau.

Prince luy dit la belle, en ma faueur pardonne
A ce qui eſt a moy, & la vye me donne
De ces petits mignons que i'ayme tendrement,
Priue toy ie te pry de ce contentement
Pour me gratifier, & ſi ie puis te faire
Du plaiſir? ſois certain que ie ſuis pour te plaire,
Elle euſt dict, & ſoudain ce grand Prince repart.
Tout ce qui peut venir O belle de ta part
Au lieu de me priuer d'vn plaiſir? me contente,
Rien que ton deſplaiſir mon ame ne tourmente.

Mais belle de qu'el nom te puiſſe-ie ores nommer?
Ou deeſſe des Cieux, ou Nymphe de la mer?
Tu es quelque deeſſe, ouy ceſt choſe certaine,
Tu n'as point vne voix, ny vne face humaine,
Ton port, ta Maieſté me font veoir amplement,
Que ton eſtre n'eſt point extraict que hautement,
Tu es ſœur de Phebus ta contenance eſt telle,
Que ie te tiens ſortir de l'eſſence immortelle.
Que viens tu rechercher dans ces aymables lieux,
Y a il quelque obiect pour contenter tes yeux?
Mon ame ſe diſpoſe a te faire congnoiſtre
Que tu peux de ſur moy comme Dame paroiſtre,
Qui es tu que veux tu, fais que i'aye l'honneur
Que ie puiſſe ce iour t'octroyer la faueur.
Saches (ce dit Venus)que ie ſuis vne Dame
Qui veux doreſnauant auoir part en ton Ame,
Conſidere moy bien, tu verras quelque iour
Combien poura ſur toy mes beautez, & l'Amour

Ce diſant Cupidon dans ce cœur inuincible
Eſlance vne ſagette, & ſe rend inuiſible
Auec ſon Amathonte, & allors ce grand Roy
Reſentit en ſon cœur s'eſtablir vne Loy,
Qui le force a courir penſant trouuer la belle,
Vu feu doux, & cuiſant ſe coulle en ſa mouelle
Luy faict ietter du cœur des ſoupirs enflammez,

E 2

Et dire en la cherchant tes difcours tant aymez.

Belle qui que tu fois retourne, ie defire
Efclauer à tes loix mon cœur, & mon Empire,
Helas ne me fera de ta faueur permis,
Que mon bras te ioignant foit en ta dextre mis?
Tu as de tes deux yeux embrazé ma poictrine,
Et ie me fens charmer auec ta voix diuine,
Libre par cy deuant ie fens ores mon cœur,
Vainqueur ce laiffer vaincre, à ce bel œil vainqueur.
Tu fuis mon cher Amour? hé! reuiens chere dame,
Ie te voue à iamais mon defir & mon ame.
Mais, helas! ou ie fuis deçeu fi quelque part
Ie n'ay veu ce fubiect qui ce bien me depart,
Chez la Royne i'ay veu le portraict d'vne fille
Qui refemble du tout à la Nymphe gentille
Qui me fuyt? ah! de vray? en me refouuenant
Ie vais la verité de ce bon-heur trouuant,
Le portraict que i'ay veu de l'Infante d'Efpagne
Refemble à cefte belle, & mon cœur s'accompagne
Deformais de l'obiect de fes perfections,
Pour affeurer du tout ces fortes paffions
Retournons veoir ma mere, & par la conference
De l'obiect au portraict iugeons cefte occurence.

Il euft dit, & foudain au Louure retournant
Va cent mille fubiects en fon efprit tournant,
Il entre au cabinet, & confere à l'image
Le fubiet qui retient le fiege en fon courage,
Congnoift de fon Amour le veritable obiect
Et monftrant fon grand cœur fe rendre fon fubiect
Lance vn fonfpir ardant, tefmoing que cefte Dame
Renouueloit en luy la force de fa flame.

La Royne s'apperçeut qu'vn doux mal le deteint,
Et qu'vn penfer profond pour l'heure l'entretient,
L'enquiert de ce foucy, helas! helas! ma mere
Ie fens (ce dit ce Roy) vne poincture amere
Que deux yeux refemblants à ceux de ce portraict

Ont lancé dans mon cœur, ie ne ſçays qu'el attraict
De grace, de maintien, qui d'humeur me captiue,
Ah! mon ame n'eſt plus contre l'Amour retiue,
Ie ſens vn doux poiſon enſorceler mes ſens
D'eſtre eſclaue d'Amour par ces yeux ie conſens.
   Comme ie ſuis allé dedans mes Thuilleries,
Les oyſeaux me plaiſant par leurs iargonneries
M'ont tiré pres le bois, & me plaiſant au ſon
Qu'accordoit en ces lieux leur diuerſe chanſon,
Sur vn Mirthe i'ay veu des moineaux, vne enuye
M a pris de leur oſter en les tirant la vie,
L'eſcoupette en la main ie me ſuis approché,
Et ia deſia i'auois le declic attouché,
Quand vne belle Nymphe apparoiſt à ma venë,
Mon ame à c'eſt abort ſe trouue toute eſmeue
Ie quitte ceſte armeure, elle auoit les cheueux
Eſparpillez au vent ſans les ſerrer de nœuds,
Vn carquois luy pendoit au deſſoubs de l'aiſelle,
Son viſage pareil à celuy de la belle
Que ie vois au tableau me rauit à l'inſtant,
Et ſa voix eſbranſla mon courage conſtant.
   Prince me dit la belle en ma faueur pardonne
A ce qui eſt à moy, & la vie me donne
De ces petits mignons que i'ayme tendrement,
Priue toy ie te pry de ce contentement
Pour me gratifier, & ſi ie te puis faire
Du plaiſir ſois certain que ie ſuis pour te plaire,
Qui euſt eſté le cœur ſi rogue, & mal apris
De prendre ces diſcours auec quelque meſpris,
Certes celuy ſeroit ſans poulmons ſans arteres,
Qui ne reſentiroit les ſemblables alteres,
Et qui n'auroit voulu luy faire la faueur,
Quelle me demandoit auec telle ferueur.
   Comme ie contemplois tant de graces parfaittes,
Ha! vous les pourrez veoir en ces couleurs pourtraittes
Ie ſentis vn doux feu m'eſprendre à meſme inſtant,

Et vaincre par ces yeux mon courage constant,
Ie la nomme Deesse, & ma veue, arrestee
Par ses douces beautez est ca qui la portee,
Ie m'enquiers de son nom offrant a son desir,
Tout ce que ie pourrois de faueurs de plaisir,
  Saches (me repliqua) que ie suis vne Dame
Qui veux doresnauant auoir part en ton ame,
Considere moy bien, & tu veras vn iour
Combien pourra sur toy mes beautez & l'amour.
Ce disant ie la vois s'eclipser de ma veue,
Comme vn esclair flambant qui se pert en la nue,
Ie la recherche en vain, & pensant a part moy
Qu'elle esoit la beaute cause de mon esmoy,
Ie me suis souuenu que ce diuin visage,
Auoit l'œil, & le traict de ceste belle image.
  Pensif ennamouré ie suis venu reueoir
Ce suiect qui ne tient du tout en son pouuoir,
Voylla dou me prouient ce soupir, ce malaise,
Et i'ayme a me brusler en ceste douce braisse,
Cest œil qui ma nauré me plaist tant, que ie veux
Tousiours veoir ce portrait pour maintenir mes feux,
Encores qu'en esprit i'en conserue l'Idee.
Me soit donc ceste belle a present concedee,
Attendant que ie sois si heureux que d'auoir,
Ce beau corps que les Dieux, & l'Amour m'ont fait veoir.
  O merueille qu'vn cœur si puissant & si braue
Se rende d'vn seul coup de la facon esclaue,
Vn cœur qui sçauoit vaincre est maintenant dompté,
Et se tient bien heureux de se veoir surmonté.
Il est vray que l'Amour soit au Ciel, soit en terre
Ne trouue de soldart pour euitter sa guerre.
  Ce pendant que LOYS lanquit d'vn doux Amour,
Et contemple attentif ce pourtrait nuict, & iour
Pyrauste bien heureux se plaisant en sa braise,
Salemandre qui vit tousiours dans la fourn aise,

Les deesses qui ont ces acords entrepris,
Aysés de veoir ce cœur doucement espris,
Consultent les moyens de donner de la flame
Au Monarque d'Espagne, & de vaincre son ame
,, Iamais l'Amour ne peut manquer d'occasions
,, Pour faire resentir ses fortes passions,
,, Il se sert de tons arts, & de toutes pratiques
,, Il orne glorieux ses valeurs heroiques,
Prend la charge sur soy de vaincre ce guerrier
Ses Mirthes amoureux Ioignant a son Laurier
Appelle a soy Mercure, encharge a ces Deesses
De tenir en accord les graces, les liesses
Pour combler ces amants d'agreables traüaux,
Et les faire esiouir en ces aymex flambeaux.

Incontinant Amour, & le beau filz de Maye
Seslevent par les airs, laissant la trouppe gaye,
Tirent en ceste part ou le luisant Soleil
Ayant finy son cours va reposer son œil,
Ces celestes oyseaux dedans Madri dessendent,
Et voicy le suceds qu'en ces faits Ils pretendent.

Amour dict a Mercure, il te fault transformer
En habit de marchant qui reuient de la mer
Chargé de mille biens, entre tes Merceries
Il te conuient monstrer des riches pierreries.
I'ay fait faire à Vulcan vn mirouer si parfait
Qui surpasse du tout tout autre qu'il ayt faict,
Tout hôme qui se mirea au cristal de sa glace
Ne voit rien la dedans que ceste belle face
Qui honnore la France, & nul autre portraict
Ne se void la dedans que son beau front portraict.
Comme tu feras veoir tes riches babiolles,
Tire ce beau cristal, & auec tes paroles
Fais tant que l'Iberois si regarde, a l'Instant
Qu'il verra ce beau frond s'aller representant?
Par l'esclair qui en part, ie darderay ma fleche,

Luy faisant dans le cœur vne amoureuse bresche.

Ce proiect arresté Mercure prend le port
D'vn marchant arriué n'agueres à bon port,
A le veoir on diroit que c'est son exercice,
Tant il en a la mine, & en sçait la malice.
Vn bruit court qu'vn marchand perdu de longue main
Vient d'arriuer à port d'vn voyage loingtain,
Qu'il à de grands ioyaux, & en telle abondance
Qu'ils passent en valeur toute humaine croyance,
Ce bruict n'est pas cy tost dans Madril euenté,
Que le Roy veut auoir ce marchant tant venté.

A temps vient ce marchant qui a ses yeux desployé
Des estophes d'argent, d'or, de laine, & de soye.
L'œil contenté de tout il tire maint pacquet
De ioyaux pretieux, & d'vn subtil caquet
Ne manque de priser sa belle marchandise,
Dit l'auoir pour cent maux bien cherement acquise,
D'vn discours esloquent il denotte les lieux
Qu'il a fait pour trouuer ces ioyaux pretieux,
Si leur beauté retient les yeux de cent merueilles,
Aussi de son discours il charme les oreilles.

Comme il voit que le Prince est ioyeux de l'ouyr,
Il luy dit le vouloir d'auantage esiouyr
Par vn riche ioyau qu'il tire en la valise,
Ouurage que sur tout il prise comme exquise,
Ce fust ce beau mirouer qu'il luy mit dans la main.
Le Prince y ayant veu vn portraict plus qu'humain
Tourne les yeux arriere, & voit si quelque belle
Pour se representer derriere luy se celle
Il ne voit point de Dame, & encor regardant
Sent vn feu du cristal dans ses yeux se dardant,
Tout le cœur luy fremit, il contemple l'Image,
Et cent foys s'y mirant ne voit point son visage
Ains celuy d'vne fille, il se presente au Roy
Luy monstre ce mirouer qui demonstroit en soy
Ce miracle innouy, redonnant en sa glace

Non l'obiect

Non l'obiect opposé, mais bien vne autre face,
Le Roy veoit, & reueoit ce cristal qui luy fait
Admirer coup sur coup ce merueilleux effect,
Croit qu'il y ait dessoubs vn portraict, & ne pense
Que ce soit du mirouer d'ou vienne la simblance,
S'enquiert de ce marchant ou la glace il a pris,
Et s'il cognoissoit bien ceste belle Cypris
Qu'il y voyoit dedans. Le Prince qui dans l'ame
Resent le doux brasier d'vne amoureuse flame
S'approche pour ouyr, & pour encor reueoir
Ce bel œil qui le rend sans force, & sans pouuoir.
  Sachez dit le marchand que dedans ceste glace
Vous voyez sans nul fard d'Elizabel la face
La sœur du grand LOYS Monarque des François,
Dont les douces beautez sont non dignes des Roys
Mais des plus grands des Cieux, ouy le l'ose bien dire,
Ça des plus grands des Dieux mon essence ie tire.
  Ce disant ce courier reprit son premier port,
Et sans qu'il soit plus veu de ceste salle sort.
  Ce Monarque s'estonne, & le Prince de mesme
Son visage vermeil se change en couleur blesme
Tesmoignage des feux qui couloient dans son cœur.
  Le Roy recognoissant ce doux effort vainqueur
En pensant appliquer vn remede a sa playe,
,, Entend que contre Amour en vain l'homme s'essaye.
  Beautez ce dict ce Prince au cristal regardant
Pour estre moins captif ie ne vais pretendant
De vous prier iamais, vostre prison m'est belle,
Et ie ne sçaurois plus me complaire qu'en elle
Face puisque le Ciel par ceste vision
Accorde ces desirs, que mon affection
Vous puisse vn iour gaigner, afin que de mon ame
Vous vous puissiez nommer la maistresse, & la dame.
Le Roy sur ce discours faict venir son conseil,
Luy faict veoir les rayons de ce luysant Soleil
Qui perse tout obstacle, & qui loing de sa terre

Donne au cœur de son fils vne nouuelle guerre.
Chacun lors est d'aduis de rechercher l'accord,
Et finir ce faisant pour iamais tout discord,
Ainsi ces deux grands Roys par le veuil des deesses
Se virent amoureux de leurs belles maistresses.

Mais Muses c'est assez, c'est assez de discours,
Il faut veoir maintenant quels en furent les cours.

LES PRESENS
DES DIEVX.

Mour ce grand demon bien ay-
se que sa flesche
Auoit dedans le cœur de ces Roys
fait sa bresche
S'en retourne à sa mere, & glo-
rieux luy dict
Qu'il n'auoit en ses tours trouué
de contredict,

Sa mere le caresse & derechef luy iure
N'auoir plus D'Antherot doresnauant la cure,
Que luy seul est son tout luy donnant tout pardon,
De l'auoir tant de fois prise soubs son brandon,
Et pour faire aduancer leur affaire pensee
Vers la Royne des Cieux leur source est aduancée.
Comme elles ont conclud qu'il faut que des Agens
De l'vne & l'autre part se monstren' diligens,
Chacune de sa part en donne l'ordonnance,
Iunon aux Iberois, & Venus en la France.

La Nymphe qui se sied sur le sommet des tours,

Qui voit tout, qui sçait tout, qui dit tout en son cours,
Qui a cent yeux au front, cent oreilles en teste,
Qui a les pieds en terre, & son visage arreste
Dans les voultes du ciel, & qui d'orible bruict
Par son cor embouché les nouuelles conduit,
Fit tout soudain sçauoir des montagnes Riphées,
Iusqu'aux monts de la Lune aux flames estouphées,
D'Atlas le porte-Ciel, iusqu'en l'Inde, qu'Amour
Dans le cœur de ces Roys auoit pris son seiour,
Chacun s'en resiouit, ces Roys par Ambassades
Soullagent les ardeurs de leurs ames malades,
De mille compliments ils tesmoignent leurs feux,
Et l'on voit à l'instant se conformer leurs vœux.

    Grands Roys permettez moy que par ces vers ie chante
Le doux mal & plaisant qui vos esprits enchante
Au récit des beautez, & des perfections,
Dont ont vient fomenter vos fortes passions.

    Roynes permettez moy qu'a l'vniuers ie conte
Comme Amour par les feux de ces grands Roys vous
    dompte,
Et que pour leur amour souuent vous eslancez
Des souspirs, des sanglots, lors que vous y pensez.

    Mais Muse mon support vous voulez indiscrettes
Que i'aille discourant des affaires secrettes
Qu'il n'est permis qu'aux Dieux de pouuoir reueler.
Non, non, ie ne veux pas de ces amours parler,
Le Cigne rarement esleue en l'ær ses aisles,
Il craint de s'approcher des celestes chandelles,

    Le Thebain pour auoir veu le secret des dieux,
Et pour le raconter fust priué de ses yeux,
Racontons seulement que ces Roys, que ces dames
S'entirent de l'amour les bien-heureuses flames
Et voyons les plaisirs que les peuple François
Prennent de veoir ainsi s'accorder ces deux Roys.

    Ce grād Dieu des Frāçois, ce HENRY ce Monarque
Non contant de laisser de ses valleurs la marque

En toutes parts en France, en son heureuse paix
Nous laisse dans Paris des marques pour iemais.
  Il fait ioindre son Louure auec des Galleries
Pour aller a couuert dedans ses Thuilleries,
Ouurage qui peut bien de sur tous disputer,
Qu'au miracles il doit desormais se compter.
  Ce pont qui des Henrys se nomme fait paroistre
Qu'admirable en ses faicts il c'est fait recongnoistre,
Mais la place Royalle est vn ample subiect
Pour aux miracles vieux arracher tout obiect
D'aucune preminence, & ceste place esgalle
Porte bien à propos le nom d'estre Royalle.
Le plant en est quarré, & l'on voit tout autour
Trente six pauillons qui en font le contour,
Tous Palais esleuez, esgaux en Cimatrie,
Ornez des raretez d'vne grande industrie,
Et l'on ne peut desduire vn si bel ornement
Tant il est en son frond conduit artistement.
  Ce plant fut ordonné pour y dresser des lices,
Et au peuple monstrer les guerriers exercices,
Pour monstrer le plaisir qui contentoit nos iours,
De veoir ces Roys rengez aux amoureux estours.
  Au milieu de ce camp vn grand Palais s'ordonne
Superbement basty, à qui le nom se donne
De la fecilité, ou cinq braues guerriers
Chargez d'armes, de noms, & de vainqueurs Lauriers
Monstrent à tous venans que soldats de la gloire,
Ils veulent contre tous maintenir leur victoire.
  Dix trouppes d'assaillants demonstrent en deux iours
Contre ces soustenants les martiaux estours.
  Celuy pourroit conter les flammeuses estoilles,
Celuy pourroit conter sur l'Ocean les voiles,
Celuy pourroit conter le libicque sablon,
Et le poussier qui volle au gré de l'Aguillon?
  Qui pourroit denombrer tant de magnificences.
Les guerriers du Soleil font veoir leurs excellences,

Les cheualliers des Lys y font veoir leurs effects,
Les Amadis font veoir qu'ils font toufiours parfaicts,
Le fils de Danaé fait paroiftre fes armes,
De la fidelité les genereux gens-d'armes
Font preuue de leur foy, & les braues guerriers
Du Phœnix vont monftrant leurs indomptez Lauriers.
Les quatres Roys de l'œr y font veoir leur puiffance,
Les Nymphes de Diane y font veoir leur vaillance,
L'vniuers y monftroit fes braues belliqueurs,
Et Rome par apres fes illuftres vainqueurs.
Deux iours outre ces deux dans les longues barrieres,
Pour emporter la bague on pouffe des carrieres,
Bref ce ne fuft alors de ces braues effects,
Que des contements, & des plaifirs parfaits.
    Ces triumphes paffez des pratiques diuerfes
Se meflent par l'eftat, des points de controuerfes
Y viennent alterer les plus faincts iugements,
    Mais ce luy fant Soleil par fes faincts mouuements.
Diffipe ces brouyllards, cefte fage MARIE,
Reduit au veuil du Roy cefte mutinerie.
    Incontinent ces Roys par leurs Ambaffadeurs
Veulent ratifier leur Cyprines ardeurs,
Les contrats font paffez en Efpagne, & en France,
Et chacun s'efiouit d'vne telle alliance.
    Deeffes qui auiez de ces accords le foing?
Hé quoy nous manquez maintenant au befoing,
Qu'alles vous parcourant foit au Ciel, foit en terre
Ie ne fçay qu'els difcours nous parlent de la guerre,
Ie voy bien ce que c'eft, c'eft vn nuage efpais
Qui de noftre Soleil ne fupporte les rais?
Qu'il coure dittes vous par tout fon Zodiacque,
Et qu'il laiffe par tout fa glorieufe marque.
    Vn faux bruit dittes vous par les bouches errans
Va de mille deffeings ces peuples martirant,
Il faut preuoir à tout de peur qu'en ceft efclandre
On ne voye entre nous le defefpoir defcendre.

Le nautonnier qui voit la tourmente arriuer,
Et le contraire vent coup fur coup s'eſleuer,
Sage regarde a tout, regarde par la poupe,
Fait redreſſer ſon maſt, les creuaces eſtouppe,
Reguinde ſon cordage affin qâ a tout mal'heur,
Il expoſe ſon art contre ceſte fureur.

Doncques ce grand LOYS mainte ville viſite,
R'anime les eſprits, & le courage excitte
De ſes peuples touchez d'vn rapport imprudent.

La ſanté ne va point noſtre Roy poſſedant
(Diſent ils d'vne part,) l'autre dit la foibleſſe
Ne nous promet le veoir que morne de triſteſſe,
Il ne profite point dit vn autre, & ne vit
Que par inuention, faux rapport qui ſe vit
Creu de ce fol vulgaire, à qui la promptitude
Donne le plus ſouuent vne aſpre ſeruitude.

Peuples qui l'auez veu actif, & vigoureux?
Dittes s'il vous paroiſt malade & langoureux,
Dittes que le plus ſain de tous ceux de ſa ſuitte,
Il a monſtré ſa force à tout autre interditte.
Leué des le matin, des la pointe du iour,
Et ſans pouuoir en rien prendre quelque ſeiour,
Infatigable à tout, ſoit que le pris s'ordonne
A qui au blanc pauois pres de la broche donne
Soit qu'il faille iouer à la Paulme ou chaſſer?
Il n'y a nul trauail qui le puiſſe laſſer.
S'il va parmy les champs, nul gibier ne ſe monſtre
Qu'actif mettant pied bas, il s'en va à l'encontre,
Le chaud ne le fait point au caroſſe ſerrer,
Il guette le gibier afin de le tirer.
Bref ou ceſt-il monſtré ſans ardeur, ſans courage,
Sans pouuoir, ſans vertu le long de ce voyage.

Peuples doncques croiez, croyez que voſtre Roy
Porte deſur le front toute marque de ſoy,
Et ie croys au pareil que voſtre fant

Ne se verra iamais de cest erreur saisie.
     Il est vray que le iour n'est iour, si le Soleil
Ne darde clairemeut les rayons de son œil,
Et l'on ne voit iamais vne belle prouince
Quand elle ne voit point la face de son Prince.
     Les peuples sont maudis qui n'ont veu de sur eux
Du Macedonien le regne val'heureux,
Vous vouliez au pareil veoir ce ieune Alexandre,
Et prouuer par les yeux ce qu'on vous fit entendre.
     Apres que ce LOYS eust les bords visité
Ou le plus grand tumulte estoit lors excitté.
(Et comme les brouillards fuyent de la lumiere
Ces erreurs vont fuyant tout soudain en arriere)
Il reuient à Paris, souhaitté, bien aymé,
Et à le recepuoir chacun est animé,
Et contraint d'Apollon ie veux icy redire
Ce que Paris chantoit par moy de sur la lire
Lors que ce grand monarque y fit son cher retour,
Paris qui ne reçoit d'esgal en son amour,

Rince l'honneur des Lys, permettez
     que ma Muse
Par son accord grossier vostre gran
     deur amuse.
Ainsi celuy qui fut le vainqueur
     d'Ilion
Entendoit quelquesfois les accords
d'vne lire
Qui charmoit doucement la fureur de son ire
Pour vaincre des Troyens encor vn million.
     Permettez moy, grãd Roy, qu'en l'ardeur qui me picque
Ceste comparaison en vostre endroict i'applique,
En me resiouissant de cest heureux retour:
Vous estes vn soleil dont la lumiere claire
Tous les climats François diuinement esclaire,
Soleil qui ne void point de nuict presser son iour,

Vous estes comme luy sans pareil vostre course
A son chemin passé peu certain ne rebrouse,
Vous esclairez par tout, par tout vous influez,
Quelque part que vostre œil lance sa viue flame
Il brusle par amour, il eschauffe toute ame,
Et pour bien faire à tous vous vous euertuez.

Vous dissipez par tout les vapeurs superflues
Qui pour vous offusquer auoient couuert les nues:
Et courant assidu par le Ciel des François,
Visitant les maisons de son grand Zodiaque
S'il y a quelque mal qui sur luy se remarque
Soudain vous le rendez capable de vos loix.

Et comme ce soleil apres que c'est orage
A passé par dessus son reluysant visage
Nous paroist plus flambant, agreable & plus doux:
Que tout florit ça bas, & que la mere terre
Mille biens mille fruits prodiguement desserre:
Ainsi luysant & beau vous vous monstrez à tous.

Ces peuples qui ont veu l'esclair de vostre face
Comme apres vn hyuer reprennent ceste grace
Qui les faisoit florir par le temps de la Paix:
La peur auoit fany leurs couleurs printanieres,
Et ores eschauffez de vos saintctes lumieres
Reprennent le vermeil de leur fleur pour iamais.

Soleil dont les rayons & les diuines flames
Percent non les cœurs seuls, ains consomment les ames
Hé que vous estes beau apres ce long seiour?
FARIS vous en allant perdit sa couleur gaye
La nuict veint qui banda ses beaux yeux d'vne taye,
Mais ceste nuict s'enfuit à cest heureux retour.

Cest Orient nouueau qui reluyt à la France,
Et qui naissant nous monstre vne telle puissance
Nous promet vn midy plus fort & chaloureux:
Et lors que le Vesper pressera sa vieillesse
Nous esperons reueoir vne verte ieunesse
Conseruer en ce sang vn effort vigoreux.

Ieune

Ieune Hercul qui pouuez de vos mains enfantines
Eſtouffer & creuer les races ſerpentines
Que la ſedition eſleuoit contre vous:
Au Thebain vous monſtrez vne valleur pareille,
Mais vous le deuancez auec ceſte merueille
De vaincre non des mains mais d'vn viſage doux.

Deſormais pour tenter ceſte force indomptee
Viennent tout de labeurs trouuez par Euriſtee,
Vn Lyon Nemean, vn Hydre renaiſſant,
Les furieux eſlans du Sanglier d'Erimante,
Le peril d'eſcorner ceſte biche volante,
Et chaſſer les oyſeaux le viure rauiſſant.

Qu'il faille encor rauir la botte d'Hipolite,
Qu'il faille qu'vn grand cœur artiſtement s'excite
A purger de fumier l'eſtable d'Augias,
Aſſommer le Taureau, vaincre des Diomedes,
Trouuer des Gerions ſans forces ny remedes,
Vaincre vn Serpent qui oncq de veiller ne fut las.

Bref tirer de l'Enfer le Portier à trois teſtes,
Veoir ſon chef inuaincu contre toutes tempeſtes
Cela ſeul appartient à vous Prince François,
Qui ſuiuant d'vn Hercul la treſ grande vaillance,
Qui ſuiuant d'vn Henry la treſ-grande Clemence,
Pouuez ce qu'il vous plaiſt aſſeruir ſoubs vos loix.

O ſiecle bien heureux, ó bi en-heureuſe France
Qui ſens les fruicts plus doux d'vne telle influance,
Qui dompte par valeur, & par vn doux accez,
Qui ſçait à la valeur ioindre la vraye force,
Qui ſcait gaigner les cœurs par vne douce amorce,
Et qui en ces effects nous monſtre de l'excez.

Pardonnez puiſſant R O Y vous auez trop de gloire
Demonſtrer par vos faicts voſtre grande victoire
Suiuant de ceſt HENRY les valheureux combats:
Pardonnez puiſſant ROY vous auez la Clemence
Qui vous a faict cognoiſtre iſſu de ſa ſemance
Par elle vous rangez vos ennemis à bas.

G

Vous estez ce nocher qui durant vostre course
Observez vigilant les remarques de l'Ourse
Qui vous peut la suiuant sauuer de tout mechef.
La Balene s'eschoue alors que volontaire
Elle ne suit son guide, & le fier aduersaire
Lance, & vomit soudain mille maux sur son chef.

Le Soleil suit tousiours le pas de son Aurore,
Vous estez ce Soleil qui ceste plage honnore,
Et qui pour vous tirer de ce Dedale ombreux
Suyuez le fil tracé de la grande MARIE.
Par luy vous vous sçauez de toute fascherie,
Par luy vous vous virrez en vostre estat heureux.

Et tant que le Soleil de ses cheuaux rapides
Coura de l'Indi n aux plages Hesperides,
Tant que le chaud Esté donnera ces moissons,
Le printemps amoureux ses herbes nouuellettes,
L'Automne mesnager ses vineuses grappettes,
Et l'hyuer rafraischy ses froidureux glaçon:

Tandis l'on benira ceste belle Prouince
Qui reçoit le vouloir & les decrets d'vn Prince
Qui sçait vaincre par force & gangner par amour:
Et tandis que mes doigts pourront toucher ma corde,
Tandis ie chanteray que vainquant la discorde
Vous faictes dans Paris ce bien-heureux retour.

Attendant puissant Roy que d'vne voix plus forte
Comme vn foudre grondant vos victoires ie porte
Du Gange donne-iour iusqu'au Tage ayme-nuict,
Du trimon englacé iusqu'ou dessus l'arene
Phoebus s'enamoura de la belle Cyrene,
Mais las ie ne puis rien si le Soleil ne luit.

Ainsi chantoit Paris, & à l'hoeure & à l'hoeure
Amour ce puissant Dieu rompant toute demeure.
Vint trouuer Iupiter, & luy dict ces propos,
C'est trop long temps croupir en ces facheux repos
Concluons les accords que par vous l'on commande
Que des premiers des Dieux se connoque la bande,

Qu'on sçache si l'accord ne plaise aux immortels,
Pour l'empescher en vain, s'fforcent les mortels,
      Jupin incontinant fit assembler en salle
Les Dieux ou la lunõ de Maiesté Royalle,
Et Venus l'amoureuse eurent par leur credit,
Le pouuoir d'appaiser tout mouuant contredict.
      Hymen le Dieu nopcier voyant des Dieux le maistre
Conclurre à cest accord, & ne voyant paroistre
D'obstacles se presente, & à chacun des Dieux
Requist pour ces amans des presents gratieux.
      Allez dirent les Dieux aux Plutonicques salles,
Que l'arresté discours des Parques infernales
Nous vienne contanter exposant deuant tous,
Les iours de ces amants, ains que venir vers nous.
      Mercure au mandement pour aller au Tartaré
Calle son vol à bas au rocher de Tenare,
Et consulte ces sœurs qui tiennent en leurs mains
Les decrets asseurez des Dieux, & des humains.
      A l'abort de ce Dieu l'Enfer tremble de crainte,
Cerbere par trois fois sent sa geulle contriante
De n'aboier apres, les rages, les fureurs
Les tourments, les dampnez & les tristes horreurs
Se courbent deuant luy, Pluton, & Proserpin,
Respectent mesmement sa puissance Diuine.
      Vn antre est entaillé dans vn roch ou ses sœurs
Se treuuent pour coupper de ciseaux meurtrisseurs
Les filets des humains, lors que les destinees
Ont conclu de coupper leurs àtales annees
      Lachesis en filant deliure le Ploton
Pour couler dans les mains de la vielle Cloton,
Qui l'ayant detenu selon que leur enuie
Est de gratiffier d'vn long terme la vie,
Le met entre les mains de la sourde Atropos,
Qui couppant le filet met nostre ame au repos.
      Deuant que d'aborder ces Parques, l'on rencontre
Mille & mille suiets qui vienent à l'encontre,

Les pleurs font tout au tour, les foucis, les trauaux,
Et la mort y faict veoir des genres tous nouueaux,
L'on voit errer autour les pafles maladies,
Les vieilleffes qui font triftes, & refroidies,
La crainte y eft par tout, la court la maigre faim,
La laide pauureté dont le corps eft tout plain
De vifages hydeux, les feux, les fers, les rages,
Les guerres, les affauts, les meurtres, les carnages,
Les defefpoirs affreux crient de toutes parts,
Monftrant a tous venants leurs furieux regarts.

Le Prince d'eloquence entre dans cefte caue,
De ces fœurs entendit la refponce trefgraue,
Il quitte ces Enfers, & d'vn vol trefleger
S'en va dedans le Ciel, aupres des Dieux ranger,
Leur dict ce que ces fœurs luy auoient faict entendre,
Et ce que l'on debuoit de ces accords attendre.

A dôcques ce grâd Dieu qui tient defoubs fes mains
L'Empire des hauts Cieux, & celuy des humains
Profera ce difcours. Ceft ores chere bande,
Que ceft accord commun noftre pouuoir demande,
Que chacun de nous tous tefmoigne eftre contant
De ces affections, que l'on cognoiffe autant
En nous de bon vouloir comme leur origine,
Merite pour fortir de la trouppe Diuine.

Allez noueier Hymen, allez ioindre ces corps,
Honnorez de nos dons ces Roys en leurs accords,
Ie referue à regir le Ciel, & mon tonnerre,
Que ces freres vnis regiffent cefte terre
Ie leur vais accordant d'y regner à iamais,
Et d'y faire florir vne eternelle paix.
Mon aftre fi profpere en fa douce influance
Regardera toufiours & l'Efpagne, & la France,
Et aux aftres mauuais i'oppoferay le mien,
Affin que l'vniuers, n'ait par eux que du bien.

Iunon efpoufe, & fœur contente que fon frere
Donnoit a ces amants cefte grandeur profpere,

D'vn propos qui sentoit son aise, dict ainsi.
Si pour ces chers accords i'eux tousiours le soucy,
Et si Venus & moy par vne mesme gloire
Nous auons de ces Roys eu la seure victoire,
Nous aurions auance ces effects vainement,
Ne leur dōnant des dons pour leur contentement.
    Ie vous donne grands Roys qu'en vous diuines flames
Vous puissiez bien heurer de beaux enfans vos femmes,
Que fecondes en bref elles mettent au iour
Des masles courageux guerdons de vostre amour,
Iunon asistera arrachant de vous souches,
Les ialousies humeurs, & les peines farouches.
Si Lucine iamais à des licts contentez,
Si elle à quelques biens anx humains presentez
Se sera pour ces Roys, & pour ces belles Dames,
Qu'elle veut tesmoigner ces gratieuses flames,
L'astre de Iupiter estant benin, & doux,
Ie ne veux opposer mon courage ialoux,
Que l'aer en respondaut à sa douce influance,
Contente pour iamais & l'Espagne, & la France.
    Neptun porte trident continuant l'amour
Qu'il portoit à ces Roys, ou ce ferme le iour,
Et aux regnes des lys dict semblable parole.
    Que ce couple de Roys aux doux Zephirs d'Eolle
Viruoltent par mes eaux, mes Glauques, mes tritons,
Mes phoueques courageux, & mes monstres gloutons
Au lieu de les tirer dans les caues profondes,
Les feront aisement voguer desus mes ondes,
Les rochers, & les bancs fuiront à leurs aboris,
Ie n'ay vents qui ne soient qu'a les pousser aux ports,
Qu'ils planchoient la mer, qu'aux plages non tentees
Soient sans aucun peril leurs maisons euentees,
Ils ne trouueront point de nuisance chez moy,
Tout est pour obeyr en mes mers soubs leur loy.
Les Nymphes en chantant tout au tour de leurs flottes,
Seruiront desormais de fidelles pilottes.

Nature a mis chez moy les ioyaux pretieux,
I'ay pour me gouuerner tous les astres des Cieux,
Ie les couche chez moy, & de 'toutes les choses
Les semances y sont dans des vaiseaux encloses,
Qu'ils iouissent de tout, comme à mes seuls àmys
Tout leur soit en mes eaux, & licite, & permis.

    Mars ce Dieu qui ne vit que dãs l'horreur des rages,
Pour bien heurer ces Roys profera ces suffrages,

    Dieux qui feustes ia dis sur la 'terre mortels,
Dieux à qui les valleurs ont donné des autels,
Toy valheureux Thebain seul honneur de la terre,
Toy HENRY seul honneur des gloires de la guerre,
Ie parleray pour vous, nos pouuoirs sont esgaux,
Et nous deuuons donner de semblables ioyaux.

    Si ces freres vnis assemblent leurs gendarmes,
Veullent que l'vniuers courbe desoubs leurs armes
Ie me rends a leur solde, & veux que tous guerriers
Appendent leurs valeurs à leurs vaincqueurs lauriers
Que comme les valleurs, les triumphes, les gloires,
Les honneurs, les grandeurs, & les amples victoires
Ont couronné nos chef? qu'ainsi ces puissans Roys
Puissent par leur valleur regir tout soubs leurs ioys
Ie baniray d'entre eux la discorde Ciuille,
Tout ce verra chez eux, & paisible, & tranquille,
Ie scays que mon planette est malin quelque fois?
Mais conioint à celuy du gouuerneur des Roys
Son influance est bonne, en tout point, à toute hœure,
Ces amants le verront en leurs effects meilleure.

    Phebus le donne iour dont la c'arte des yeux
Est 'e seul ornement de la terre, & des Cieux,

    Prince des neuf beautez que mit au iour Memoire,
Qui tient en 'eur concert vne lyre d'Iuoire,
Prince de ce be' art qui rauit à la mort,
Les corps qui ia desia veullent toucher son bort
D'vn par er amiab'e auance ace 'engage.

Le fort qui me donna la iuftice en partage
Ma permis de donner femblable qualité,
A ceux que ie vouldray, toufiours vne equitté
Me faiêt redder le Ciel, & ma fainête influance
S'accompagne teufiours d'vne iufte balance,
Ie vifitte tonfiours par ordre mes maifons,
Je donne par efgal au monte mes faifons,
Ie veux que ces deux Roys en leurs regnes exercent
Les douceurs qui par moy furl'vniuers fe verfent,
Leurs chefs feront exempts de peines, de trauaux,
Mes raiz defchafferont tous les fuiêts de maux,
Et fi l'ær corrompu, veu t debonder fes peines,
Et remplir de chagrins, & de trauaux leurs veines,
Ie purgeray ceft ær de fa malignité,
Et luy feray verfer toute benignité.
Les terres de ces Roys dorefnauant fertilles,
Rempliront de tous biens leurs peuples, & leurs villes,
Plus feconde que iamais Ceres aura de moy
Le doux contentement que ie luy doibs de loy,
Elle me refpondant en mon humeur feconde,
Remplira de tous biens tous les quartiers du monde.
Ainfi difoit ce Dieu. Pallas d'vn parler doux
Fit veoir que fon efprit n'auoit plus de courroux
Proferant ce difcours 'allez donc hymenee,
Que les accords promis par l'ample deftinee,
Se voyent accomplis, en la guerre, en la paix?
L'on verra que ie fuis pour ces Roys à iamais,
Ie les afifteray de mes arts en leurs guerres,
Mes fciences toufiours regneront dans leurs terres,
L'Oliue qui me fuit couronnera leurs iours,
Ie veux fauorifer de bon bœur leurs amours
Dittes à ces beautez que ie fuis trefcontente,
Ie vis pour veoir leur bien d'humeur impatiente.
    Le pere Bromien pour ne cedder en rien
Aux Dieux qui defiroient à ces Roys tant de bien
Difcourut en la forte. O lumiere du monde,

Qui congnois le bon-heur de ceste masse ronde?
Dis qu'il est seul en moy, & qu'vn pays n'est point
Riche en biens si mon ius a ses pieds n'est conioinct.
De ma part tu pourras Hymen dire à ces Princes,
Que desormais ie veux visiter leurs Prouinces,
Qu'aux lieux ou mon renom s'exalte tous les iours,
Ou mes arbres sacrez se cultiuent tousiours,
Que l'on verra sortir de si belles vandanges,
Qu'ils en pourront fournir tous les peuples estranges,
Et qui voudra me plaire ayme d'oresnauant,
Ces Roys que i'ayme plus que nul de cy deuant.

Il eust dit & Venus la mere des delices,
Le bon-heur des humains, leurs plus douces blandices,
D'vne voix qui pouuoit tous les cœurs esmouuoir,
Pour bien-heurer ces Roys fit tels discours sçauoir.

Nul n'ignore de vous, ô celestes puissances
Que ie n'aye brassé ces belles alliances
De Iunon assistée, & que n'ayons tous deux
Reduit ces quatres cœurs au pouuoir de nos feux.

Doncques que ces amants sentent dedans leurs ames
Les plus saincles douceurs de mes diuines flames,
Si iamais i'eus en moy des plaisirs, des douceurs
I'en veux gratiffier d'oresnauant leurs cœurs,
Les ris, les ieux mignards compagneront leurs couches,
Les douces voluptez sans discordes farouches
Y naistront à l'enuy, & tous contentements
Assisteront leurs corps, & leurs entendements.
Ma planette tousiours leur sera fauorable,
Rien que leur doux plaisir ne me soit agreable.

Allez fecond Hymen ie vous suis à grand pas,
Pour les combler de biens ie ne veux de compas,
Allez mes chers Amours allez trouuer les belles,
Soyez leur seruiteurs pour iamais tres-fidelles,
Preparez à ces Roys les plaisirs les plus doux
Que l'on puisse gonster conuersant auec vous,
Demourez pour iamais en tes doux exercices,

Et soyez

Et soient leurs cœurs plongez dans mes douces delices.

Allons ce dit allors ce genereux enfant
Qui va par ses flambeaux du monde triumphant
Assister cest hymen, que les plaisirs abondent
En eux, car tels honneurs à nos grandeurs redondent.

Ce messager dès Cieux a cest ordre suiuant,
A lla de tels discours ce bon heur poursuiuant.

Si ces Rois conuoiteux des regnes de la terre
Veullent faire marcher par l'vniuers leurs guerre
Ie marcheray devant leur sondant tous les pas,
Qu'ils suyvent hardiment par après tous mes pas
Sans qu'il leur soit besoin d'aucunes sentinelles,
Moy qui sens endormir les veillantes prunelles
D'un Argus? ie scauray contre leurs opposans
Porter le somme doux leurs trauaux accoisans,
Puis eueillants leur soing asseurez soubs ma garde,
Les mener ruinant iusqu'à l'arrieregarde,
Ie leur declareray les desseings ennemis?

Ayant desoubs leurs loys les contraires soubmis,
Et ayant de la paix la bien heureuse ioye,
Allors que le trafic de tous costez s'employe,
Qu'il ny ayt nul endroit ou l'on n'aille puisant
Ce que pour leurs suiects se trouuera duisant.

Ma planette ne peut s'eslongner de Cyprine,
Mon aspect veut suiuir sa puissance diuine.

Diane au frond d'argent qu'on inuocque trois fois,
Lune dedans le Ciel, Diane par les bois,
Hecate aux lieux noircis en ce rang se presente,
Et profera soudain son harangue eloquante.

Ie n'ay oncq refuzé mes ombreuses forests,
Mes limiers, mes espieux, mes lesses, & mes rets
A ces Princes aymez, & mes belles compagnes
Brossent par les forets & courent les compagnes
Pour leur donner tousiours des plaisirs gratieux.

Allors que mon germain quittant le train des Cieux

H

Me donne sa clerté pour esclairer le monde,
Ie verse vne instance en ceste mace ronde
Qui quelque fois fascheuse , & nuisante aux humains,
Rend par mille trauaux tous les Tartares plains
Mais desormais mon astre oste toute nuissance
Pour bien heurer les bords & d'Espagne, & de France,
Quand ie seray la bas en Hecate regnant.
La douceur pour eux seulz m'ira lors compagnant
    Celuy qui est des Dieux, & des hommes le maistre,
Oyant pour ces accords tant de faueur paroistre
Les conclud par ces mois. Allez germe accomply
Par qui cest vniuers est de peuple remply,
Portez à ces amans leurs fortunes heureuses,
Honnorez de plaisirs leurs couches amoureuses,
Et que tousiours la paix gouuerne leurs Estats,
Le modelle parfaict pour touts les potentats.
    Alors partit Hymen & Iunon la nopciere,
Et pour les compagner s'aduança l'Ecumiere
Auec tous ses amours ses graces, ses attraicts,
Ses deuces voluptez & ses plaisirs parfaicts.
    Deesses permettez que maintenant ie chante
Le bien qui doucement ces chers amants contnt,
Qu'ilz charmes vous auez, qu'els d'Hymen les discours
Et le preparatif de ces petits amours,
Car mon cœur se sent point d'vne flame nouuelle,
Vn geneux Demon mon esprit enforcelle.
O Diuines de tez puis-ie bien mettre au iour
Vos graces, vostre Hymen, & vostre bel amour.
    Incontinant ces sœurs, es graces potelees
Dans les chambres des Roys s'en sont soudain allees
Ont tapissé les murs, ont le chalits dressez,
Ont par tous les endroits des bouquets dispercez,
Bref ont pour contanter ces bien heureuses ames,
Prepaé des fusilz pour allumer leurs flames,
Iunon, & l'Ecumiere ont veu leurs soings parfaicts,
Ont soudain commandé que les deux licts soient faicts,

Les amours on' seruy à ce diuin mistere,
Cupidon ce grand Dieu qui fendit la matiere
De ceste obscurité qui remplissoit les airs,
Qui mit le feu la haut auec ses prompts esclars,
Qui mit l'ar au dessoubs, qui arresta la place
Des mers, & qui rendit ceste terrestre mace
Ferme, & estable en son poids, prit son arc, son carquoys
Les mit soubs les cheuets de ces deux puissants Roys,
Disant qu'il eur laissoit doresnauant ses armes
Et qu'il ne voulo t plus qu'ils feussent sans ses charmes.
Il se rauit soy mesme, & se sent alleche
Des charmes amoureux dont le vainquit Pischo'.
A ma mere (dict il) que ce couple m'agree,
N'abandonons iamais ceste belle contree
Ie me veux transformer en LOVYS ce grand Roy,
Vers sa chere moitié faittes en comme moy
Que Iunon s'entremesle en nos doux exercices,
Et noyons tous leurs cœurs dans la mer des delices.

A temps vient la beauté que sur les belles luie
Comme faict la Dictine au milieu d'vne nuict,
Tant de douces clertez qui luissent par la France
Pour ce diuin effect luy donnent assistance,
Voyez comme la nuict se perd a leurs flambeaux,
Leurs yeux sont vrays soleils, qui luissent tousnouueaux.

A temps ce grand Soleil dans le seing d'Amphitrite
Vient alleger la soif qui doucement l'excite,
Voyez comme ce Roy paroist parmy ces Cieux?
Et comme ses subictes iettent sur luy les yeux.

Mais ne voyez vous pas l'Espagne estre plus claire?
Il est vray autre esclair pour cest hœure l'esclaire,
Desormais le Soleil n'ira que pour le veoir,
Et pour a ses flambeaux les clertez receuoir.

Ces cœurs vont languissant dedans un doux malaise,
Il est temps que leur mal dans la couche s'appaise,
Hymen veut d'vn doux chant raconter aux mortelz,
Leurs plaisirs, leurs destins, & les dons immortelz.

H2

HYMEN.

Couchez vous puißants Roys allez deuers vos be lles,
Que le Ciel vous ordonne, & dont les forts deſtins
Clouent voſtre bon-hœur de chaiſnons aymantins,
Vous rendant en vos fruicts des ſuittes eternenelles.

Les Amours ont pour vous des flanbeaux, & des fleches,
Les graces ſur leurs fronds employent leurs attraicts,
Vous ne manquerez point pour combaſtre de traicts,
Elles ne manqueront de puißantes flameches.

Tant qu e le blond Soleil (dit l'ample deſtinee)
Conduira ſes cheuaux du leuer, au couchant,
Lon ne vera iamais ces Royaumes panchant,
Puis qu'ils vont recepuant ce deuin Hymenee.

Les amoureux deſirs de ces amants ſidelles,
Les deſirs amoureux de ces douces beautez,
Ne ſe rendront iamais des dures cruautez,
Mais des ſainctes ardeurs qui ſeront eternelles.

Leur couches bien heureuſe , & feconde a merueilles
Produira des enfans, honte des ſiecles Vieux,
Honneur du temps preſent, & nos futurs nepueux
Ne verront en leurs iours choſes qui ſoient pareilles.

Le Ciel donc vous benit belle troupe Royalle,
Les Dieux vont aduouant vos douces paſſions,
Vos peuples ſont contants de vos affections ,
Et beniront touſiours vos couches hymernalles.

Le Ciel par moy vous donne vne douce influance,
Les Dieux m'ont accordé tous leurs dons precieux,
La terre qui ne veult deſobeir aux Dieux,
        ruir es bords de oubs ceſte alliance.

Mais que tardez vous plus belles ames touchées,
Des plus douces douceurs dont se charme l'Amour?
Allez ne tardez plus la nuict domine au iour,
Ia desia vous deussiez au lict estre couchees.

Ces amants languissants n'attendent que ceste hœure
Que seulle vous soyez pour vous monstrer leurs feux?
He que tardez vous tant vos cœurs ont mesme veux,
Il y va du peril en si longue demeure.

Allez doncques beautez Lucine vous compagne,
Venus est auecq vous auec tous ses attraicts,
Allez doncques grand Roy, & boyuez a longs traicts
Ceste onde ou le concert des chers Amours se baigne.

Ainsi chante l'Hymen, & laisse ces amants
Dans les Ioyes d'Amour doucement s'annimants,
Muse que le silence a present te commande,
Cest effet est sacré, & le respect demande.

SIRE soubs vostre veuil c'est Hymen iay chanté
I'ay dans ceste grand mer tous les haures tenté,
I'à y recongnu le Nord qui regit ma Bousolle,
Ie scay tous les quartiers dou peult venter Eolle,
Iay encore du boys, des outils preparez
Pour bastir vne nef, & les Rochs esgarez
Ne me feront point peur? pour ueu que la lumiere
Esclaire tant soit peu ma conrce mariniere.

F I N.

www.ingramcontent.com/pod-product-compliance
Lightning Source LLC
Chambersburg PA
CBHW060816180626
46818CB00002B/836